방귀 열차
타는 날

방귀 열차
타는 날

이산야 동시집

도서출판
작가마을

시인의 말

패랭이꽃처럼 살포시

내가 만난 아이들에게

웃음을 주고 싶다

2023년 2월

이산야

차례

이산야 동시집

방귀 열차 타는 날

차례

이산야 동시집
방귀 열차 타는 날

방귀 열차 타는 날

이산야 동시집

01

어제가 좋았니

아우인형

노란 옥수수
파란 양파

한 땀 두 땀
사랑 찾아

눈을 보며
웃어 보고

머리 빗어
미소 지어

내 동생
이름 적어

가슴으로
품어 보네

*아우인형 : 내 동생이란 뜻. 입양하는 헝겊 인형

금붕어

하얀 양떼구름

빨랫줄 흔들흔들

널려있는 반바지 그네 타고

선풍기 돌아돌아 물레방아

바람개비 돌아돌아 풍차

껌벅껌벅 화산

잠을 잘까 꿈을 꿀까

코로나

엥 에취 콜록
어 어디서 나지?

어머 뒷걸음쳤다

방안에 꼭꼭
숨바꼭질 싫어

눈꼬리 올린 아기고양이
친구야 놀자

베란다 유리창 얼굴 삐죽

하얀 코 까만 코

보일까 말까

눈꼬리 삐죽
손만 흔든다

코로나 싫어
친구랑 놀래

태극 김치

멸치젓 새우젓
파란 이파리 소금 절여

갯벌 냄새
동해 서해 남해

하얀 실타래 휘날리며

까만 김밥 들들 말아

빨간 양념 태극 김치

나박김치 갓김치 열무김치...

도토리 알

이리저리 산나무

이쪽저쪽 오리나무

도토리 알 해안도로

돌아서 왔다 갔다

꼬불꼬불

올라갔다 내려갔다

롤러스케이트

다시 제자리

돌아 돌아

지렁이와 똥파리

설렁 실렁

부들 부들

풍덩 풍덩 달려드는 똥파리 떼

꿈틀 꿈틀 죽어가는 아기 철도 지렁이

폴링 폴링

햇빛이 싫어요

검은 기차 종착역

멍게

아야 으 아파
누가 때렸어

여기 불룩 저기도 불뚝

바다 냄새 슬슬
입맛 쩝쩝

성난 혹 우뚝 불뚝

씩씩거리며 친구하고 싸우는

줄다리기

우산 위 두둑 두둥 내리는 장대비

엄마 짜증

귀가 따갑다

세찬 비바람 속 뒤집어진

우산 손잡이

영차영차 청군 백군 운동회 때

서로 이기려고

잡아 당긴다

석굴암

솔방울 통통

뜀뛰기 하는 무인도

덜컹덜컹 배롱나무 무덤 두 채

우거진 수풀

터널 벗어나

진달래 중턱

야흐 야호

다람쥐 꼬리 흔든다

카레

노란 꽃이 피었다
부르릉 부르릉

무당벌레 뜀뛰기
징검다리 건너서

부르릉 부르릉
개구리 노래소리

토끼가 좋아하는
개나리꽃

보리수 열매

오래된 노트

봄 여름 가을
향기 숨어있네

새콤달콤
풀 냄새

까치르 까치르
항아리 한 개

폴짝 뛰는 개구리
어디 갔나

여름비

파란 물방울

노란 지붕 위

검정 우산 지르륵

콧물 한 방울

벼 이삭 익어갈까

푸른 심장 한 덩이 둥둥

상처

슬피 우는 눈물

빨래 삶는 수증기

부글부글 끓는

닭들이 새벽마다

짚더미 속에 구석구석

낳은 달걀

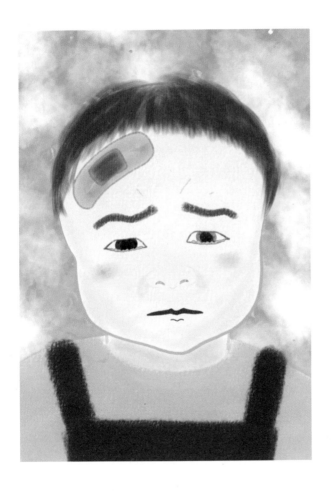

쓰레기봉투

먹보 주머니

부스스 눈 벌리고

커다란 입 벌똥별

자작자작

눈꼬리 피에르

배가 불러 호호

이리 짝뚱 저리 짝궁

뒤뚱뒤뚱 펭귄

멍게 주머니

빨랫줄

우리 집 빨랫줄
하나 둘 셋

목이 긴 기린 하품하고

하얀 목련 꽃송이
너풀너풀

복사꽃 향기
나비 찾을까

해님도 좋아 미소 짓나

까악 까치
함께 놀자고

빨랫줄에 모여
운동을 하네

샴푸

볼링 핀 초록방울

초록 샴푸
콕 콕 콕

방울방울 하얀 방울
손바닥 방글방글

머리카락 이리저리

꼭꼭 눌러
팅거 팅거

거문고 펑 소리 내어

북 북 하얀 거품 카스테라

바스켓실

찰칵 찰칵
가족사진

뽀르롱 풍선 둥둥
밖으로 나갈래

한 줄 한 줄 풀어보고
실뜨기 할까

사다리 만들고
기차도 만들자

줄줄이 동글동글

가족은 실타래

화랑곡나방

하얀 꽃이 좋아
윙윙

꽃무지 소리일까

유리창 너머
달맞이꽃

똘깍 똘깍
달빛 그림자

씨잉 씨잉
불나방 되었네

러닝머신 – 여름

신호등 건널까
달릴까 말까

모기떼 윙윙
달리기 한다

누가 먼저 달릴까
하나 둘 셋

신호등 깜박깜박
빨간불 노란불
씩씩거린다

윙 윙 윙
솔방울 덥다

02

벌집

순대

찌지직 찌지직

하얀 옹달샘

도롱뇽 한 마리

꿈틀꿈틀

올챙이 알

층층 계단 호피 이불

기역 니은 탑이 되어

휘리릭 휘리릭

말머리 헤치고

하얀 손수건 시냇물 흐르네

까무작 꺼무적

내원사 나비

두둑 두두둑

거미줄 나비처럼

빗줄기 데그랑 데그랭

여름 메뚜기

폴짝 뛰어

빗물이 되었네

할머니

한 사발 두 사발 고추가 메워

찬물 한 모금

눈물 쬐끔

콧물 찔끔

갯벌에 빠져있는 홍합

낙지 바지락

할머니가 만들어 준 부침개

깨작깨작

고추 호호

정구지 후후

눈물 깨작

찬물 훌쩍 콧물 훌쩍

할머니가 만들어준

푸르스름 부침개

* 정구지 : 부추

방귀 열차 타는 날

촛불 차례상 색동옷 입고

거실에 올망달망
바보 박스에서 흘러나오는
드라마

오뚝이 눈빛 반짝반짝
가족들 줄줄이 사탕
입에 물고

방귀 나올까 말까

꽁꽁 엉덩방아 찧어본다

실로폰 소리 딩동딩동 띵
따발총 소리

쎄리라 리리 삼단사단
대포 탄환 쑝

특급열차 타는 소리

그냥 나와 버렸네

나도 몰래 부른 노래
다 알게 되었네

낄 길 낄 길

정월 초하루

웃음보따리 호호

지푸라기 지붕

노란 치맛자락

보일락 말락

두리둥 두리둥

허리띠 꼴깍

허리 자락 매어보고

우산 쓰고 기다릴까

눈이 오면 울어볼까

바람 불어 갈대숲

멍멍개와 합창을

두 귀 나팔 불어
누가 오나 들어본다

꼬리 살짝 들어보고
반갑다고 춤을 춘다

배가 고파 울어

맛있다고 쩝 쩝 쩌쩝

새록새록
잠든 모습

나의 마음 사로잡는다

두 번째 수업시간

만지작만지작

선생님 눈 마주칠까 봐

인절미 호박떡
한 조각 입에 물고

노란 단무지 슬슬

계란프라이
그림 그리고

선생님 목소리
가물 가으물

땡땡땡땡

엄마가 담아준
도시락 들고

뒷산 잔디밭
뛰어가는 날

네 살 서진이

구름 패랭이 꽃송이

시르시르 입술 삐죽

단발머리 네 살

가위 바위 보

사탕 쪽 쪽 입에 물고

서진이가 이길래

히히 웃는

하눌타리 꽃동산

구름

파란 유리 깨어질 듯

하얀 실크 베틀 위

양떼 두 마리

네가 먼저 내가 먼저

마라톤 경주시합

염소처럼 까만 눈

껌벅 깜박 파란 유리

안갯속에 긴 터널

실내화

거무적적

거무레 고래 등
둥글넓적

싸득 싸득

씨익 씨익

폭포 내리는 작은 호수

고래 분수 되고파

삐죽삐죽 고슴도치

준우의 일기

너무 힘들어서

일기 쓰는 건

육하원칙 찾아서

쓰래요

노래만 불러도

적어주는 일기장

생겼으면 좋겠다

우리 엄마 잔소리

오늘도 노래한다

어른이 되면

일기장은 추억이라고

벌집

보일락 말락

누런 은빛

보일 듯 말 듯

벌 벌 다섯 발가락

들어갈까 말까

갈퀴 만들어

하얀 풍선 푸 ─

샤워볼

연기처럼 흐느적

초록 때밀이 젤리콘 한 방울

쓱 쓱 올챙이 알

푸드득 오징어 알

한 방울 두 방울 그림이 사라진다

잡을까 말까

도요새 놀이터

뿌릿뿌릿

뻘은 코코아 흐르고

싸르륵 싸르륵

도요새 합창

갈대밑 바다

흔들리는 파래

친구 되고파

문조리, 꼴뚜기, 전어, 오징어, 화랑게

깊은 바다 그물

골대 속에 끼워

샤워한다

별똥별

평상 위에 누워
동쪽별 서쪽별

두리 번 두리 번
별똥별 어디 갔나

모닥불 피워
모기떼 도망가라

서쪽 바람일까
동쪽 바람이지

개굴개굴
별 따기 대회

설날

떡국 한 그릇

촛불 훨훨

한 살 먹을래

꼬리 살짝

고개 돌리네

달랑 달레

차례상 올릴까

상주 곶감

꽃반지 끼고

목욕탕

숭어 떼 꿈틀

잉어 떼 줄지어

달리기 하네

빨강 노랑 검정

꽃잎 둥둥 뎅뎅

뻐끔 뻐끔 뻐끔

계란프라이

티 티 탁 티 티 톡

봄비가 내린다

톡 톡 톡 톡

노란 민들레

하얀 목련

개망초 꽃이 피었다

여름비

솔 솔 솔

꽃향기

방귀 열차 타는 날

이산야 동시집

03

코코아 반죽

비스킷 들고 있는 고양이 두 마리

흐흐 으 흐흐 잉

엄마 찾는 소리일까

아빠 찾는 소리일까

앞발 쓰다듬고

뒷발 달래 보네

반딧불 번쩍

울음소리 힝

웃음소리 흐

밤의 흔적 소리

너도 먹고 나도 먹자

바지락

물개 흐느적

푸른 산호

바구니 꼬리 흔들

코코아 반죽

모래성 작은집

새집 지어 사르륵

헌집 망태 담아

물길 따라

마을버스

버스 뒷좌석

개골소리 타당탕

거친 파도 몰아치고

도리도리 고개 돌려

볼까 말까 망설이네

크악 크악 사자 온다

* 개골 : 골짜기

슈퍼문

하얀 박꽃
두리둥 두리둥

노래하는 너

우둘 두둘
강냉이

투명거울
비춘다

흐흐흐

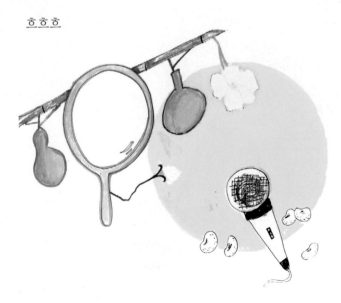

홍시

는, 빨간 휴대폰 케이스

는, 바다 속 흐물거리는 오징어 두 마리

는, 찔콩 내리락 까치 날개

는, 하늘에 떠 있는 새털구름

는, 링거에 흘러나온 한 방울 두 방울

는, 금붕어 껌벅껌벅

하얀 드레스

굴뚝 연기

슬 슬

백합꽃이 피었나

백조 날개

푸드득푸드득

하얀 면사포 파도 타고

사그작 걸어간다

어영차어영차

하이얀 백조 날개 흔들

2월

딸기 라떼
　부
　르
　푸

쪼로링

차가운 얼음

땡이 댕글 댕글
　좁은
　　　골
　　　목
　　　내려갔다
여우
꼬리 풀
　　　　빨간옷
　복사꽃 한잎

뚝 뚝 똑 똑

봄이 오는소리

날씨

비가 내린다

출렁거리는 파도

하늘에 올라 갔나

서핑보드 타고

장단 맞추어

먹구름 회오리바람

고동 따는 날

모래골 장등

미끄럼틀 사르르

바닷자락 두거비집

우둘 투둘

밀짚모자 허수아비

파도 울먹

까만 강구 올망

망태에 담아

* 모래골 장등 : 골 이름

해가 좋아 웃고 있는 해바라기

톡 톡 톡

주르륵 주르륵

해바라기 씨

고개 내민 올챙이 알

떼지어 내려 간다

빨간 꽃송이 손짓하고

숟가락 끄적

울타리 까치집 지었다

여우비

가느다란 실타래

잡을까 말까

돌아가는 팽이는

언덕길 피어있는

초록에 끼다

보름밥

장독에 놓여진
오곡밥 한 그릇

울타리 기대어
쌍안경 끼고

누가 먼저 가져 갈까

두 두근 두 두근
술래잡기 하네

달빛도 까꿍
별빛도 까꿍

흔들흔들 밤바람은
나물 냄새 기웃거려요

빗줄기

처마 밑 고드름

미끄럼 탈래

아이스크림 만들자

뚝 뚝 뚝

대포소리

피악 슝.......

석류꽃

연분홍 쪽빛 치마

서쪽 바람 사르사례

고개 숙여 인사한다

귀걸이 선들 샌들

남쪽 바람 연주하고

푸른 이끼 주홍 치마

동쪽 바람 찾아온다

수달

긴 수염 갈대 잎

살포시 눈 감는다

어기적 어기적

노르스름 날개 퍼덕이며

하늘 방충망에 걸렸다

긴 꼬리 잡고

물길 따라 달려 간다

롤러코스트 빙글빙글

뗏목일까 하마일까

물속에 그네 타는

어느새 잠수함

태풍

성난 강아지 멍 멍

꼬리 치켜 세운다

거리 푸르스름

융단 깔아

한 발 두 발 뛰어 보내

태풍 스친 거리

검붉은 한약

허우적 허우적

햇빛 좋아

하얀 유리컵

마법사 요술컵

뱀이 되어 하품하고

두꺼비 커다란 입

뽀작 뽀작

돌바위

닭가슴살

보르르 보르르

온달 쟁반 속

하얀 거품 달그림자

흐릴흐릴 우뭇가사리

도넛 거품 되어

하얗게 변해버린

국화꽃 한 송이

누에고치

누에고치는 강아지풀

누에고치는 하얀 둥지

누에고치는 두리둥 두리둥

누에고치는 가로등 한 줄 한 줄

누에고치는 솜사탕 불어서

누에고치는 명주실 한 올 한 올

누에고치는 흔들흔들

누에고치는 커다란 손바닥

목련이 되었어요

억새

하얀 양 떼

구불구불 언덕길 따라

고갯길 넘어가네

바람 살랑

친구 살랑

웃음소리 껄껄

하얀 양 떼 숲속에

04

꼬끼우 꼬끼용

목안 가는 길

땅개비 고개 올려 큰 눈 바라보고
샛길 꼬불꼬불 논둑길 걸어갈 때

개구리 포올짝
논두렁 친구들

신작로 걸어올라
논두렁 지나 밭두렁

꼬불꼬불 기찻길
쇠똥풀 냄새

장등길 걸어
목안 간다

* 목안 : 해남 화산에 있는 바다 이름

목안바다 1

크림 파스타
보송 뿌송 거미줄

쪽빛 물결 쓰윽 쓰윽

거북이 등 날개 펴다

돌다리 층층 허리띠

달랑달랑

미숫가루 새집 지어
대궐 만들래

이끼 낀 갈파래

목안 바다 출렁거리네

목안 바다 2

꺼꺼 무릇
사르사르 썰물

징검다리 한 돌 한 돌
엉거주춤 바윗길

목안은 미끌미끌
돌다리 걸어가면

넓적 얼굴 긴 목으로
만날 수 있대요

갈파레, 고동, 톳, 우뭇가사리, 게
숨어 있대요

히리릭 갈매기 사라지며
목안은 쑤북 쑤북

밀물 되어
태평바다 되어버렸네

* 꺼꺼 무릇 : 검은 이끼낀 돌

목안바다 3

싸드릭 싸드릭
공룡이 왔었나?

용새똥 고갯길

간섬불 삐비 뽑아
질겅 짭 질컹 쩝

풀피리 퓨퓨
소쩍새 석류 한 알
접시꽃 필 때

쪽배 타고 건너 갈까
상마 중마 하마 마루도

목안바다 4

뜨물 뜨물
물속 바다 아기 소나무

이파리 손짓 하나
딴 바구 우뭇가사리

살르 살르
김발 위 그림 그려

담치 꽃밭 만들어
망태 담아 볼래

바구니 쑤북쑤북
딴 바구 갈색 바다

물결 소리
들리네

갈색 우뭇가사리
아기 소나무처럼

*딴 바구 : 다른 바위

목안바다 5

모래밭 산등성
신둑백이 파도친다

삐비꽃 뽑아 들고
벙어리장갑에도 담아 보고

애벌레 머리띠 만들어

너, 예쁘
나, 예쁘

친구 웃음소리
제비꽃 까딱까딱

* 신둑백이: 흰돌바위

목안바다 6

신둑백이 울독불둑

덕석 방석 앉아 볼래

파도 퓨 부슬비

아기 숭어 뜀뛰고

문어 엄마 고개 넘어

신둑백이 치는 파도

수수깡 흐적흐적

종이배 흘러간다

* 신둑백이 : 흰돌바위

목안바다 7

바다 저 멀리

닭 우는 소리
들린 대요

꼬끼우 꼬끼웅

바다 끝 수평선

무지개다리 수놓아

해가 웃는 날이면

꼬기오 가물가물

시골집일까
도시집일까

안개 속에 숨어 있는

우리 아버지 정준이

거물거물 논둑길
방중물 흘러 흘러

연 꼬리 날개
꼬리 흔든 회전목마

붕어 새끼 포드릭
연 꼬리 이리저리

개구리 개골 개우골
우리 아버지 노랫소리
통 동통 심장소리

오르락 내리락
어이 둥개둥 내 사랑
어잉 어잉 고래소리

북소리 무서워
움막집 터널터널
밭둑 길 등불 잡아

가마 타고 시집가나

산자락 움막집
골방으로 들어가요

옆으로 걸어가는 팔랑개비

뻘대게
부르딩 부딩 부르딩

하얀 거품 면사포 낙하산 타고

오른쪽 뿌웅

신호등 울린다

쩔썩쩔썩 바위 틈새

내손 살포시 더듬거릴 때

아 외치는 파도 소리

이웃 오빠 통통한 배 깨무는 집게 발자국

* 뻘대게 : 게의 종류

깻살 만들자

목화솜 한 송이

사르 사례

푸른 바다 해송이

하얀 실뭉치

쯔 쯔 쯔

내가 먼저
기지개 켜고

빨간 머리띠
부스부스

매화 꽃봉오리
해초 댕기 팝콘 되었다

* 깻살 : 머리띠

우리 엄마 정금이

우리 엄마 가르마
바녀 꽂아 데링

보라돌이 치마폭
바구니 담아보자

얼어이 딩가야
엄마 민요소리

빗물 내린 호수
정금 주스 엄마 한숨

우물 깊이 숨어 있네
훔쳐보고 찾아보고

정금 바구니
울 할머니 힘 들었나

흥얼 흥 흥얼 흥
강강술래 헛소리

울 할머니 구박소리

* 정금 : 블루베리

콩나물

방긋 방긋

부스스 하품하는

사랑초 한 송이

능이버섯 한 겹

느타리버섯 친구

뚝딱 뚝딱 머리 손질

물풀 사이 개구리 알

한 움큼 올챙이

흐릭흐릭

돌아 다닌다

쇠죽 끓이는 보름달

까만 재 속에
숨어있는 군고구마

달달한 호박엿 후후 뜨거워

아궁이 타드락 타드락
골덴바지 타들어 간다

낙타 스멀스멀 걸어들어간다
까만 가마솥
끓고 있는 쇠밥
군침 흘리며

기다리는 닭 세 마리

동시를 써야 할 세 가지 이유

황정산(시인, 문학평론가)

1. 들어가며

가끔 동시를 읽으면 신기한 느낌이 든다. 특히 어른들이
쓴 동시를 읽으면 경이로움까지 갖게 된다. 어떻게 이들은
어린이의 마음으로 들어가 어린이의 언어로 이런 시를 쓸
수 있을까, 하는 생각 때문이다.

어른이 된다는 것은 어른의 말을 쓰게 된다는 것을 의미
한다. 의례적이고 상투적인 인사말을 배우고 세상을 재단
하는 추상적인 말을 익히며 말을 통해 권력과 힘의 배치를
이해하게 될 때 우리는 어른이 되었다고 말한다. 이렇게 말
들이 어른으로서의 나를 만들고 나의 정체성을 구성한다.
또한, 어떤 말을 쓰느냐에 따라 우리의 사회적 위치도 결
정된다.

이렇게 어른의 말 속에서 살아온 시인이 자신의 언어를
감추고 다시 어린 시절의 언어를 사용하여 시를 쓴다는 것
은 참으로 어려운 일일 것이다. 그의 마음속에 아직 사회
적 언어로 오염되지 않은 순진한 어린이가 살고 있지 않는

한 불가능한 일이기도 하다. 이런 쉽지 않은 일을 이미 어른이 된 시인들이 왜 하는 것일까? 이산야의 동시들을 읽으며 그 이유를 잠시 되짚어 본다.

2. 아름다운 우리말 배우기

최근 젊은 층에 의한 우리말 파괴가 심각하다고 한다. 국적 불명의 조어나 과도한 축약어 등을 남발하여 우리말의 정체성이 위협받고 있는 실정이다. 물론 언어는 항상 변화하고 새롭게 생성되는 것이긴 하다. 하지만 오랫동안 우리의 생각과 정서를 표현해 왔던 아름다운 우리말이 더이상 사용되지 않거나 사라지고 있는 현실이 안타깝다. 언어는 풍부할수록 발달된 언어라고 할 수 있다. 새롭게 만들어지는 말도 필요하지만, 과거에 썼던 말들을 지키는 것도 분명 필요한 일이다.

동요는 어린이들로 하여금 바로 이런 말의 풍부성을 길러주는 데 아주 효과적인 방법이다. 동시에 등장하는 시어들은 아이들이 일상생활에서 쓰는 단어들보다 훨씬 다양하고 풍성하다. 그래서 동시를 읽으면서 자연스럽게 안 쓰는 우리말을 알게 되고 그 말을 통한 인식의 확대도 함께 이루어지지 않을까 한다. 특히 요즘은 자연에 관한 말을 배우기가 힘들어지고 있다. 도시 생활이 일반화되면서 아이들이 자연을 접할 기회가 사라지고 있기 때문이다. 이산야의 동시들은 자연스럽게 자연 속 동식물들의 이름을 접하게 해 준다.

가느다란 실타래

잡을까 말까

돌아가는 팽이는

언덕길 피어있는

초록에 끼다

　요즘 아이들 중 여우비가 무엇일지 아는 아이는 드물 것이다. 맑은 날 잠깐 내리는 비인 여우비의 이미지를 시인은 "실타래"나 "팽이" 등 과거의 아이들에게 익숙한 사물을 통해 제시해 보여주고 있다. 이를 통해 여우비라는 아름다운 우리말도 익히게 되고 또한 자연이 우리의 삶과 밀접한 관계에 있다는 사실도 깨닫게 된다. 이만큼 훌륭한 언어교육이 또 어디에 있을까 생각해 볼 수 있다.
　다음 시에서는 바다 생물들의 이름이 많이 나온다.

갈대 밑 바다

흔들리는 파래

친구 되고파

문조리, 꼴뚜기, 전어, 오징어, 화랑게

깊은 바다 그물

골대 속에 끼워

샤워한다

– 「도요새 놀이터」 부분

  쉽게 보이지는 않지만 바닷가 갈대숲 아래 바다에 얼마나 많은 생물들이 살고 있나를 이 시는 재미있게 보여주고 있다. 눈에 보이는 것은 해변에서 노닐고 있는 도요새이지만 어린아이의 시선으로 바라볼 때 그곳은 도요새와 많은 바다 생물들이 함께 하는 즐거운 놀이터로 보이는 것이다.
  다음 시는 아이들의 일상과 자연을 연결하여 받아들이도록 해 준다.

티 티 탁 티 티 톡

봄비가 내린다

톡 톡 톡 톡

노란 민들레

하얀 목련

〉

개망초 꽃이 피었다

여름비

솔 솔 솔

꽃향기

—「계란프라이」 전문

　시인은 봄비를 맞으며 노란 민들레와 하얀 목련이 핀 봄 풍경을 보여주고 그다음에 오는 계절인 여름에 피는 개망초꽃을 떠올려 준다. 이것을 통해 계절의 흐름 속에서 피어나는 꽃들의 모습과 이름을 생각하게 해 준다. 그런데 이 시에서는 특히 "계란프라이"라는 제목을 통해 이 계란프라이를 닮은 "개망초 꽃이 피었다"를 강조하고 있다. 우리 산야에 지천으로 피어있지만 아무도 크게 주목하지 않은 바로 그 개망초 꽃의 모습을 일상에서 흔히 보는 계란프라이의 모습에 빗대어 보여줌으로써 자연이 우리와 가까이 있음을 느끼게 해 주고 있다.

　특히 이산야 시인은 의태어와 의성어 등을 재미있게 사용하여 우리말이 얼마나 풍부하고 아름다운가를 잘 보여 준다.

　설렁 실렁

부들부들

풍덩 풍덩 달려드는 똥파리 떼

꿈틀꿈틀 죽어가는 아기 철도 지렁이

폴링 폴링

햇빛이 싫어요

–「지렁이와 똥파리」 전문

아이들이 싫어하는 똥파리와 지렁이의 모습을 의태어와
의성어를 사용하여 실감나면서도 재미있게 표현하여 우리
말이 사물들의 움직임을 표현하는 데 얼마나 편리하고 효
과적인지를 잘 느끼게 해 주고 있다. 또한 사물에 대한 인
식을 재미있게 하도록 유도함으로써 자칫 벌레 같은 동물
들에 대한 혐오감을 줄이게 해 주는 부수적 효과도 기대할
수 있는 작품이다.

3. 어린이의 생활과 정서의 표현

무엇보다도 동시는 어른들의 삶과는 다른 아이들의 삶을
다루고 있기에 아이들이 살면서 갖게 되는 느낌과 생각을
표현하는 기능을 가지고 있다. 아이들을 보는 어른의 시선
에서가 아니라 그들의 시선에서 그들의 생각과 느낌을 표

현한다는 것은 동시가 가진 가장 중요한 특징 중 하나가 아
닌가 한다. 이산야의 동시들이 그런 점을 잘 보여준다.

엥 에취 콜록
어 어디서 나지?

어머 뒷걸음쳤다

방안에 꼭꼭
숨바꼭질 싫어

눈꼬리 올린 아기고양이
친구야 놀자

베란다 유리창 얼굴 삐죽

하얀 코 까만 코
보일까 말까

눈꼬리 삐죽
손만 흔든다

코로나 싫어
친구랑 놀래

－「코로나」 전문

몇 년 전부터 전 세계를 휩쓴 코로나 팬데믹을 어린아이의 눈으로 본 동시이다. 많은 사회적 문제를 야기한 전염병이지만 천진한 어린이의 눈에는 기침하는 사람들로부터 도망가게 만드는 술래잡기 놀이이거나 모든 사람들을 마스크 쓰게 만드는 가면 놀이 같은 것으로 보인다. 하지만 친구와 놀 수 없게 만든 코로나가 싫을 수밖에 없다. 그래도 집안에 있는 아기고양이가 있어 그나마 큰 위안이 되고 있다. 코로나가 가져온 어린이의 일상을 재밌고도 실감나게 잘 보여주고 있다.

다음 작품은 사물에 빗대어 동심을 잘 표현한 작품이다.

아야 으 아파
누가 때렸어

여기 불룩 저기도 불뚝

바다 냄새 슬슬
입맛 쩝쩝

성난 혹 우뚝 불뚝

씩씩거리며 친구하고 싸우는

— 「멍게」 전문

못나고도 미운 친구의 모습을 멍게의 생김새를 가지고 넌지시 비난하고 있다. 흔히 누군가에게 완곡하게 욕을 할 때 멍게라는 단어를 사용한다. 멍게에게는 조금 억울할 수 있지만 울퉁불퉁 생긴 모습이 화난 것 같기도 하고 못생긴 것 같기도 해서 그런 욕 같지 않은 욕이 생겼을 것이다. 이 동시는 그런 욕을 하고 싶은 어린이의 마음을 잘 보여주고 있다. 자기를 괴롭히는 친구를 때려주고 싶은 마음, 그 친구의 성난 얼굴을 못생겼다고 말해주고 싶은 심정을 멍게가 대신하게 함으로써 일종의 정화를 경험하게 해 주는 작품이다. 어린이의 정서가 아주 솔직하게 드러나 있다.

우산 위 두둑 두둥 내리는 장대비

엄마 짜증

귀가 따갑다

세찬 비바람 속 뒤집어진

우산 손잡이

영차영차 청군 백군 운동회 때

서로 이기려고

잡아당긴다

- 「줄다리기」 전문

세찬 비바람 속에서 뒤집어지고 날아가려는 우산 손잡이를 꽉 잡고 있는 상황에서 줄다리기할 때 힘을 쓰던 경험을 떠올리고 있다. 어린이의 천진한 시선이 느껴진다. 그런데 이 시에서 더 재밌는 것은 그렇게 힘을 쓰면서도 우산에 부딪히는 장대비의 소리가 "엄마 짜증"처럼 들려 자신의 "귀가 따갑다"는 부분이다. 평소에 듣던 엄마의 잔소리가 자신에게 얼마나 스트레스로 작용해 왔는지를 느낄 수 있을 뿐만 아니라 이 우산을 망가뜨렸을 때 또 듣게 될 엄마의 꾸중까지도 걱정하고 있는 어린이의 두근거리는 마음이 들리는 듯하다.

다음 시에서는 좀 더 솔직하게 엄마의 잔소리를 피하고 싶어한다.

너무 힘들어서

일기 쓰는 건

육하원칙 찾아서

쓰래요

노래만 불러도

적어주는 일기장

생겼으면 좋겠다

〉

우리 엄마 잔소리

오늘도 노래한다

어른이 되면

일기장은 추억이라고

– 「준우의 일기」 전문

　일기에 일기 쓰기 싫다는 것을 적고 싶은 것은 많은 어린이들의 공통된 심정일 것이다. 그래서 쉽게 노래 부르면 자동으로 써주는 일기장을 상상해 본다. 하지만 들려오는 노래는 "어른이 되면 / 일기장은 추억이라고" 반복하는 엄마의 잔소리만 노래처럼 들려온다. 어른의 시선에서 일기장은 추억이고 삶의 기록인 소중한 것일지 모르지만 어린이에게는 솔직히 하기 싫은 것을 해야 하는 고역일 뿐임을 솔직히 얘기하고 있다.

4. 잃어버린 원형적 순수의 복원

　이상에서는 어린이들에게 동시가 필요한 이유를 주로 논의했다. 하지만 동시는 어린이들만 쓰고 읽는 것이 아니라 많은 어른들이 동시를 쓰고 또 읽는다. 어른들이 자신들의 언어로 시를 쓰는 것이 아니라 아이들의 마음으로 돌아가

그들의 언어로 동시를 쓰는 이유는 어디에 있을까? 그것은 어린아이의 눈만이 볼 수 있는 어떤 순수의 세계를 다시 복원하고 싶기 때문일 것이다. 우리는 살아오면서 순수한 어린아이의 마음을 지우거나 잊거나 세속의 욕심으로 덧칠해 나간다. 그것을 사회화나 성장이라고 말하지만 또 한편으로는 중요한 것을 잃어가는 과정이기도 하다. 시인들은 동시를 쓰면서 때 묻지 않은 그 원형의 순수를 되찾고 싶어 한다.

버스 뒷좌석

개골 소리 타당탕

거친 파도 몰아치고

도리도리 고개 돌려

볼까 말까 망설이네

크악 크악 사자 온다

– 「마을버스」 전문

버스 뒷자석에 앉아 밖을 구경하면서 어린이의 시선은 사파리의 경험을 상상한다. 세상을 놀이터로 여기고 구경거리로 여길 수 있는 마음은 어린이가 아니면 불가능하다. 어른이 된 우리는 일상의 삶을 걱정해야 하고 버스를 타고

가는 출근길이나 퇴근길의 혼잡을 염려해야 하고 그렇게 해서 버는 돈으로 꾸릴 빠듯한 살림살이를 계산해야 한다. 그런 걱정과 계산 없이 세상을 즐거운 놀이터로 볼 수 있는 천진한 마음을 우리는 어느 때부터인지 상실하고 살고 있다. 시인은 어린아이의 시선으로 어린 시절에 가졌던 순순한 상상력의 세계를 다시 복원해 내고 있다.

이런 동시들은 자연을 소재로 한 시들에서 좀 더 두드러진다. 중년과 노년을 지낸 많은 사람들은 농촌에 대한 경험을 가지고 있다. 어린 시절의 순수한 정서의 배경에는 이 자연이 깔려 있는 경우가 대부분일 것이다. 그러나 현재에는 이런 자연은 점차 사라지거나 사라질 운명이거나 이미 사라지고 없다. 시인은 자연에서 경험한 순수하고 천진한 느낌으로 그 시절의 소중한 경험을 다시 되살리고 싶어 한다.

노란 치맛자락

보일락 말락

두리둥 두리둥

허리띠 꼴깍

허리자락 매어보고

우산 쓰고 기다릴까

〉

　눈이 오면 울어볼까

　바람 불어 갈대숲

- 「지푸라기」 지붕

　지푸라기로 지붕을 얹은 초가집은 이제 현실에서는 찾아
보기 힘들고 역사 속에만 존재하고 있다. 시인은 어린 시
절에 본 초가집의 모습을 그 당시 자신의 어리고 순진한 눈
으로 묘사하고 있다. 그것은 노란 치맛자락과 허리띠 질끈
묶은 모습으로 기억되고 있다. 짚단을 가지고 새로 잘 이
은 초가집의 모습이 눈에 그려진 듯하다. 시인의 기억 속
에 그런 초가집의 모습은 우산을 쓰거나 눈에 맞아 고드름
으로 눈물을 흘리는 모습으로 기억되고 그 기억은 바람부
는 갈대숲의 아련한 풍경까지도 소환해 내고 있다. 시인이
동시를 통한 재현이 아니면 사라지고 없을 과거의 한 모습
이고 또 잊고 싶지 않은 과거의 동심이기도 하다.
　다음 시를 읽으면 이런 순수한 동심이 얼마나 싱싱한 생
명력을 품고 있는지 잘 알게 된다.

　파란 물방울

　노란 지붕 위

　검정우산 지르륵

콧물 한 방울

벼이삭 익어갈까

푸른 심장 한 덩이 둥둥

— 「여름비」 전문

여름비의 생명력이 그대로 전달된다. 그것이 어린이의 눈으로 본 순순함을 가지고 있기에 더욱 강조된다. 여름비를 "파란 물방울"로 볼 수 있는 기발한 상상력과 함께 벼이삭 익기를 바라는 어른들에 대한 염려가 함께 느껴진다. "푸른 심장"은 이런 어린이가 가지고 있는 풋풋한 생명력의 상징적인 표현이 아닐까 한다.

5. 맺음말

"어린이는 어른의 아버지"라는 워즈워드의 유명한 말이 있다. 어른은 누구나 어린 시절을 거쳐 왔기에 지금 자신의 정체성은 그 어린이로부터 기인한다는 이야기이다. 하지만 우리 모두는 그 어린 시절을 지우면서 살고 있다. 애써 기억하지 않으려고도 하고 아니면 어른들의 세계라는 세속적인 욕망의 흐름이 그 시절의 기억을 오염시켰기 때문일 것이다. 동시는 바로 그 세계의 복원이며 순순한 상상력의 원천을 다시 찾아가는 노력이기도 하다. 이산야의 동시들이 바로 이점을 잘 보여주고 있다. 그가 즐겨 노래

하는 자연과 고향에서 삶은 그것을 잊어버린 세대들이 그 경험마저도 갖지 못한 어린아이들에게 들려주는 아름다운 환상 세계로의 초대이기도 하다. 그러면서 아이들은, 안타깝게 점점 훼손되어 가는 아름다운 우리말을 배우고 자신의 삶을 자신의 언어로 표현하는 말의 운용을 경험하게 된다. 이것이 바로 동시가 필요한 이유이고 또 이산야 시인의 이 시집이 소중한 이유이기도 하다.

이산아 동시집 〈방귀 열차 타는 날〉
동시집 그림작가와 작품

방귀열차 타는 날

© 2023 이산야

초판인쇄 | 2023년 3월 15일
초판발행 | 2023년 3월 20일

지 은 이 | 이산야
펴 낸 이 | 배재경
펴 낸 곳 | 도서출판 작가마을
등   록 | 제 2002-000012호
주   소 | 부산광역시 중구 대청로 141번길 15-1, 301호(대륙빌딩)
　　　　　서울특별시 도봉구 도당로 82(방학1동, 방학사진관 3층)
　　　　　T. 051-248-4145, 2598 F. 051-248-0723 E. seepoet@hanmail.net

ISBN 979-11-5606-216-5 03810   정가 15,000원

※ 이 책의 무단전재 및 복제행위는 저작권법에 의거, 처벌의 대상이 됩니다.

※ 본 시집은 한국예술복지재단의 디딤돌 창작기금 지원을 받았습니다.